梅の花

（詩とエッセイと小説）

舟木此花子

目　次

詩

エッセイ

小説

詩

地球は一つに
星のしずく
マフラー
新雪冠る立山連峰
時
戌（犬）
群衆の中の孤独
夜中の蜃気楼
無と有のかけ橋
掛け時計
８月の記憶
「雲」の模様
そろばん（算盤）
海模様
花びら
汗と涙
冬のトロッコ電車で
眺める立山連峰の裾野
紙一重の差
異常気象
鶯のホーホケキョ
すばる望遠鏡

地球は一つに

広い宇宙に地球は　ひとつ
多くの人々が生活している
新型コロナウィルスの脅威
感染力の強さと致死率の高さにおののく
見えないが近くに浮遊している
ウィルスに人々は一致団結して戦う
近くの人に感染するので
人との距離を置く
人々は手を取り合って喜び
スクラムを組む等運動は出来ない

閉塞感が漂う中　空を見上げる
東の空に満月が浮かんでいる
太陽の光を受けて地上を照らしている
地球の周りを巡る衛星
月と地球の距離は大きい
１９６９年人間が初めて月を踏査した

人間はその知力でウイルスを退治する
ワクチンや治療薬を発明して
難局を越えることが出来るよね

星のしずく

毎年　春になると
母さまと　父さまは　丘の上に
魔法の箱を置きました
箱のふたが開くと　中から七人の子供達が
連なって出てきます
手をつなぎ輪になって楽しそうに踊るのです
空には　小鳥がさえずりながら
すいすいと飛んで行きます
足の廻りの大地には　ツクシンボやタンポポが
咲いていています

タンポポの白い綿毛は　ゆらゆらと行き着く
場所を探して飛んで行きます
子供達は飛んだり跳ねたりして
疲れて寝転んでいます
空を見上げると青空が果てしなく続いています

あくる年　箱の中からは　六人しか出てきませんでした
私は　一人を探しに丘の上へ上へと駆け上がりました
丘の向こうには　こちらの丘より一段高い丘があります
そこには色とりどりの美しい花が咲き
七色の虹がかかっています
一人は　あの丘の上にきっと渡ったに違いありません
橋が掛かっていないので私は渡ることは出来ませんでした

皆が呼んでいるので私は元の場所へ戻りました
六人で輪になり踊りました

母さまと　父さまは　これからもずっと箱を
置いてあげると言っています
何年も経ってから　いつものように魔法の箱は置かれました
中から出てきたのは　五人でした
また一人が美しい丘へ渡ったのでしょう
私もいつか必ず　あなたのいる美しい丘へ渡ります
寂しがらずに待っていて下さい

それから何年も経った　ある年のこと
魔法の箱は置かれました
しかし中には　誰もいませんので開くことはありませんでした

やがてコウノトリが二羽舞い降りてきました
魔法の箱の紐をくわえて空に向かって高く
舞い上がりました
一段高い丘へ向かって飛び立って行きました
太陽は沈み　辺りは暗くなりました
星がきらきら輝き
この地球の不思議な営みの世界を
月と共に照らしているのでした

マフラー

木枯らしが吹く季節
冷たい風で襟筋が寒い
弟が天国に旅立ってから十年
生前贈ってくれたマフラーは
大切に箪笥に保管しています

今年から身に着けることに決めました
身に着け風に吹かれると
暖かく風が緩やかに通り過ぎて行く

誠実で謙虚だったあなたの思い出が
木霊してくる
楽しかった　悲しかった
苦しかった　後悔の念

イチョウ並木通りを歩き進むと
黄色に紅葉した葉がひらひらと
舞い上がり顔に当たってくる
イチョウの樹に手をあて
あなたの名前を呼ぶと
風の音と共に声が返って来る
あなたの分も生きています

新雪冠る立山連峰

富山の冬にはめずらしい紺碧の空
ビルの十階の広い窓ガラスからの展望
左右湾曲に拡がる立山連峰
その変化に富んだ白い山の稜線は雄大
剱岳から別山、大日岳、雄山へと連なる
左は猫又から右は薬師岳まで視界に入る
窓の近くを二羽の鳶が羽根を大きく広げ
輪を描いて回遊している
剱岳はギザギザの稜線

鋸の刃のように青空に向かって立つ
雄山、大日岳は緩やかに天を仰ぐ

二十代の頃　登った雄山
頂上で下の雲海を割って昇ってくる
ご来光を拝む時は神々しかった
剱岳を登った時　カニの横這い
縦の鎖の昇り降りには　目が眩む思い
よくぞ帰ってきたと安堵した
弥陀ヶ原で見る星は大きく美しく輝く
美しい山が近くにあったから登ったのだ

時

時は　止まることなく刻々と進んでゆく
地球上の人間に与えられた時間は平等だ
だけど生きて行く人にとって時間は様々
ゆっくり進む鈍行のような人生もあり
急行のような人生もある

待つ時間は長い
求める時間は早く迫ってくる
死期が近いと感知した時
人は残った時間は

今迄の何十倍以上の貴重な濃密な時間と
なるだろう

時は金なりという言葉がある
過ぎ去りし時は戻ってこない
だから無理な計画を立てる
結果は何分の一しか実行できない
それは過信と無念と後悔の涙

ああ澄み切った青空に飛んでゆく
鳥たちの群れ
きれいな花が咲き誇る公園の花園
時間が経過するのを忘れるひととき

楽しかった日
嬉しかった日
悲しい別れの日
これらは記憶の金字塔として昇華し
時とともに彼方へ流れて行く
去りゆく時の合奏

戌（犬）

犬は従順で真面目で忍耐強い性格です
我が家のペットとして思い出を残してくれました
父が知人から大事に育ててねと委託され
譲り受けたのはスピッツでした
名前はパピー真っ白い毛並み
才気煥発で生き生きしている
私が出勤のため近くの電停まで歩くと
一緒についてきて電車に乗るのを見届けて家に帰ります
十年位経過した日に近くの交差点近辺で
車に撥ねられ亡くなりました

母が家まで連れて帰り
私達は手を合わせ念仏しました
今から六十年前の事　犬の埋葬地に埋葬しました

その後　東京に住んでいる弟が
母のために血統書付きのコッカスパニエルを贈ってくれました
名前はデッキー黒い毛で足が短く大きな垂れ下がった耳
おとなしい性格で騒いだりしません
一人で散歩に出ても必ず帰ってきます
五年位経ったある日散歩に出かけたが帰ってきません
そのうち帰って来るだろうと待ったが帰ってきません
事故に会ったら届があるだろうに

多分誰かに連れ去られたのでしょう
その頃には珍しい犬の種類です
どこかで元気に暮らしたに違いない
巡りめぐって十二年　干支の年には
パピー、デッキー私達の家族のことを
思い出しているよね

群衆の中の孤独

夜空に瞬くネオン
その雑踏の中に私はいる
人の熱気があり連帯感がある
しかし心は孤独である

野原の一人ぽっち
青い海原の一人ぽっちは怖い
まわりに人がいるから安堵する
しかし心は孤独である

人の流れに身おけば
心は孤独でも
世界のはてから伝わってくる波動がある

孤独をはね返す発想の波がおし寄せそうだ
机上にはない不思議がある

空には幾何学模様の星が神秘に輝いている
何百年前いやそれ以前に出発した星の光が
今地球に届いているのだ

地球上では人工の光ネオンに
人々が集まり歓喜している

星とネオンの間には無限の空間と
神秘の世界が流れている

人の命は有限
孤独の心は個性となり思想となる
個性の接点を求め癒やし癒され
争い妥協して人々は生きていく

夜中の蜃気楼

富山湾の魚津市海岸で6月9日夜8時頃
蜃気楼が観測され黄色にライトアップの
新湊大橋が水平線に高く伸び上がって
見えたと新聞で報道された
通常は4~6月の生暖かい日中に発生
海面付近の冷たい空気の層と
その上に暖かい空気の層があると
空気の密度に急激な差が生じて
光が異常屈折をし
船などが海上に浮き上がって見える現象

蜃気楼は魚津海岸のものが有名
私が見たのは春の昼間
水平線上に建物等が浮き上がって見えた
幸運の瞬間だった
「名所見たさにはるばる来たが待てば
出ないし帰れば出るしほんとにしんきな
蜃気楼」という歌まであるくらい
魚津の蜃気楼の最も古い記録では
上杉謙信が１５６４年に蜃気楼を見たと
「北越軍談」駒谷散人著書にある

無と有のかけ橋

人は、うれしい出来事に出会うと
大空に向かって大声で
有難うと叫びたくなります

人は、永久の別れに出会うと
悲嘆のどん底に落ち
後を追いたくなります

無となった世界
無と有を繋ぐ尊い絆は
遺影に向かって語りかけます
懺悔と感謝の数々の言葉

有の世界からのご恩返し
それは何日あっても足りません
無限の広がり
返す楽しみと喜び
かけ橋を繋ぐ絆は果てしなく続きます

掛け時計

真っ暗い部屋
橙色に色づいた丸い時計の文字盤
わかります今の時間
部屋の中にお月さんが鎮座しているよう

母の五十回忌法要の記念の品
「お母さん」
「子供達ね」
微かな声が木霊する

夜のとばりがあけ
部屋が明るくなると時計の文字盤は元の白色に輝く
暗くなると自動点灯するリバティライト

時計の針とにらめっこ人は活動を始める
秒針は心臓の鼓動
交叉する太い針は刻々時間を進める

遥か彼方の衛星から電波は波打ちながら届き
正確な時刻に修正
時は世界中の人と人を繋ぐ細い糸
その糸は夢を呼ぶ

月がきれいな砂漠を
父と母が乗ったラクダが
鈴を鳴らしながら夢の中を通りすぎて行く

8月の記憶

1945年8月2日　未明
　　富山市は大空襲を受ける
父は召集令状が来て軍隊へ出征中
母と祖母、妹2人と弟、一家6人
役所からの疎開勧告を受け
8月1日午後3時富山市中心地から
16キロ離れた親類の疎開先へ歩く
母はよちよち歩きの妹を背負い
汗びっしょり、夜道は月の光が頼り
夜8時、疎開先に着くと空襲警報

さっきまで住んでいた富山市に米軍から
焼夷弾が落とされ真っ赤に燃え上がる

１９４５年8月１５日
　　　太平洋戦争終結
暑い日の昼間、ラジオ放送で
４年間戦いに明け暮れた日々が
終わった事を知らされた
経験したことの無い日々が始まる
日本人同士が手を合わせ進むしかない

「雲」の模様

青い空にぽっかり浮かんだ白い雲
雲は流れる、風に乗って離れたりくっついたり
一刻も留まってはいない
一つの雲がむくむくと上に伸びて行く
岩のようになり仁王様のように
力強く立つ夏の入道雲
その上に美しい天女のような雲が現れる
細長い布と衣を翻し手招きするかのように
遊泳している
一瞬涼しい風が頬を横切る

上空にねずみ色の雨雲が垂れてきた
辺りが薄暗くなり夏の俄雨が降る
しばらく軒先でたたずむ
雨雲が立ち去り青空が現れる
雲の模様は一変
空と自分、下の地面と周りの風景
次元の同じものは無い

鰯雲が広がる秋の空
漁夫は鰯の大漁の兆しを見る
白い砂石を散らしたように、さらさらと伸びる

鉛色の雲が広がる冬の空
雲の奥底から
真っ白な牡丹雪や粉雪が舞い降ってくる
積もった雪の白い大地は
鉛色の空を和らげる
餌を求める雀が飛び交う
雲の切れ目から太陽が顔を出す
雪の結晶に太陽の光が反射して
ピカピカと光り輝く

寒さから解放された春の空
青空に白い綿菓子のような雲が広がる

人は悲しいとき、嬉しいとき
空を見上げて手を挙げ深呼吸する
心の中で何かを語りかけながら
太古の昔、宇宙の彼方からやってきた
郷愁かも知れない

そろばん（算盤）

2020年6月　日本が開発した
スーパーコンピューター「富岳」が
計算速度など4部門で世界一になった

コンピューターが発明されなかった時代
計算は手でするか
簡素な計算器を使うかである
算盤は横長で底の浅い長方形の枠に
桁数を表す縦の軸に球を上下5個並べ
球を指で上下させることにより

四則演算（加減算・掛割算）が出来る
会社員として経理課に勤務した昭和時代
日々の仕事は数字と、にらめっこ
上段の５珠を人差し指で一斉に上げる
親指人差指を使い答えをはじき出す
算盤が普及し全盛時代
その後１９６４年電卓が日本で開発され
指のタッチで計算出来るので普及
検定試験で一級を取得、こよなく愛した
算盤は今　書棚に静かに鎮座している

海模様

夏の海に一条の光が放たれた
夕陽がまさに水平線に沈まんとする時
水面がきらきら輝いている
漁師がこぐ船がその中を過ぎて行く

冬の海は水平線が近くに迫ってくる
低く垂れた灰色の空
波は怒涛となって押し寄せ
灯台の岸壁に向かって波しぶきをあげる
晴れた日は岩に打ち寄せる波から

雪の華が舞う

春の海はさざ波
風のない生温い日
富山湾に蜃気楼が現れる
幻想と科学のメカニズムが織りなす不思議な世界
空しか無かった水平線上に
陽炎のようにゆらゆらとビルや樹木が見えかくれする
そしてはかなく消えて行く

花びら

桜の花びらが　ひとひらふたひら
私の頬を撫でながら
風の吹くまま飛んでゆく
川面にたどり着くと
花びらは淡いピンク色のじゅうたんとなり
桜並木の道にたどり着いても
淡いピンク色のシーツとなる
一年の思い出を残して飛散った枝の房
そのあとに来年の新しい蕾が芽生えている

紺碧の空
満開の桜並木を通ると
悲しみも　喜びも昇華され
一つの世界へと流れてゆく

汗と涙

生きている限り体からにじみ出る水滴
働いた後の汗
梅雨明けの庭は雑草が茂っている
草刈した後の庭は清々しい
汗びっしょりだ
草むらに隠れていた蚊がぶんぶん
寄ってきて露出した皮膚にとまる
パチンと叩くと血が滲み出る

うれしい涙と　くやしい涙
スポーツ競技に勝った方の喜びに出る涙
負けた方は悔し涙

悲しい時　頬をつたう涙
肉親や知人との別れは　一生忘れられない
乗り越える努力の幾年月
就寝前　母の写真に手を合わせ感謝する

水滴は健康のため　和の心のため
新陳代謝となる

冬のトロッコ電車で眺める立山連峰の裾野

真冬の二月、黒部峡谷鉄道は
観光トロッコ電車を運転
軌道の両側から迫るのは
雪化粧をした山々の裾野
水墨画を眺めている風情
茶色の地肌、緑色の樹木は
雪の下に静かに頓挫している

夏の季節
雄山や剱岳の頂上に登った

茶色の土、黒ずんだ岩石や小石の山
上に行くほど樹木は低い
汗をかいて山の土を踏み
岩石に釘付けされた鎖を
しっかり握りしめ登った感覚
夜空に眺める星は大きく幻想的

薄く雪化粧した山々
真夏の山々
両方とも人々の心に刻む風景

紙一重の差

紙一枚の厚さほどの僅かな隔たり
生きて行く道のりには
一瞬の出来事で紙一重の差が生じます

合格と不合格
成功と落胆
病気の克服
それは浄土と穢土の分かれ道かもしれません

あらゆる可能性を信じて
紙一重の差を超越して
希望の星に向かって進みます

異常気象

私たちが住み生活する大切な地球
その誕生から長い年月には
恐竜が生存し氷河期も経たという
その地球が温暖化している

２０２１年８月９日公表された
ＩＰＣＣ報告書（国連気候変動）に
人類への気候危機が示された
これは人が招いた温暖化異常気象か
人間の影響を否定する懐疑論もある

地球温暖化で増える気象は
熱波・干ばつ・豪雨等
日本では熱海市の土石流
記録的大雨による中国、北九州地方
ギリシャで相次ぐ山火事

大気中の二酸化炭素濃度を削減し
脱炭素社会を目指すしかない
世界の平均気温は産業革命前から
1・1度上昇海面上昇が進む
太平洋に浮ぶ小さい島は埋没するかも
住む人達を守ってあげたい

鶯のホーホケキョ

3月初めの朝
鶯の清らかな鳴き声で
目が覚める
切れ目のない澄んだ声
爽やかな気分が周りを包む

近所の庭木の茂る庭園に
毎年この時期に飛来する

東の空に立山連峰が並び
朝日が昇ってきた
弥陀ヶ原は
雪に覆われているだろう
除雪車で七曲りを描いている
様子を想像する

雷鳥は雪の下の宿に待機し
夏になると弥陀ヶ原の野原に
出てきて草の間で
グーン、グーンという歌声で鳴く

すばる望遠鏡

ハワイ・マウナケア山頂に立つ日本の望遠鏡
２０２４年に最新鏡の観測装置を
使った観測を始める
地球から遠く離れた天の川銀河の星は
見る事が出来なかった
最新の望遠鏡で宇宙の果てにある
百億年以上前の暗い銀河の星を
見る事が出来る

夜空に輝く星々を眺める
天の川銀河の数多くの星の中に
地球のように生物が住んでいる
天体が存在しないだろうか
いやきっと存在しているに違いない
先方も存在しないか探しているだろう
星空の雄大なロマン

エッセイ

名前の由来

立山連峰を仰いで

富山湾沿岸を行く

剱岳へ登頂

名前の由来

此花子（うめこ）という名前は、私の父方の祖父、山田兵庫がつけてくださいました。師範学校を出て小学校の先生になり二十歳で小学校の校長先生になったと伝え聞いています。私の上に長男が生まれたが一週間後に亡くなりました。両親は大変悲しみました。二番目に生まれた私が、一週間後も元気に育ってくれるようにと凝った名前を付けたと思います。その後、両親の間には子供が増え八人になりました。

平安時代、陸奥の豪族、阿部宗任は、父・頼時、兄・貞任とともに源頼義と戦う（前九年の役）で一族は奮戦し、貞任らは砦厨川柵で殺害されるが、宗任らは降伏し一命をとりとめる。源義家に都へ連行された。その際、奥羽の蝦夷は花の名など知らぬだろうと軽蔑した貴族が、梅の花を見せて、此の花は何という花かと嘲笑したところ、阿部宗任は「わが国の梅の花とは見つれども大宮人は如何がいふらむ」と歌で答えて都人を驚かせたという。

それで此の花を梅《うめ》と呼ぶようになった。

謂われを書いた紙は桐の箱に入れ、私の家に届けられたそうです。祖父は私が小さい頃亡くなり、本人から直接謂われを聞くことはありませんでした。寺の住職や家族から聞いた話です。謂われを書いた桐の箱は、庭の後方に建てられた厚い壁の土蔵に保存されていました。私は、その紙を直接開いて見ることは叶いませんでした。

というのは保存されていた土蔵が、富山大空襲で米軍の爆撃を受けB29からの爆弾が、直接落下し木端微塵に崩れ落ちました。昭和二十年八月二日未明の出来事でした。

八月一日の午後三時頃、その日の夜から空襲があるとは露知らず、私達一家は四里先にある疎開先へと歩きました。父は赤紙（召集令状）が来て富山市五福にある日本国陸軍連隊に出征中、母と祖母、子供たちは暗く夜となった道を歩きました。灯火管制で田舎道の家々は暗く、満月の月の光だけが頼りでした。

母は、よちよち歩きの妹をおんぶし汗びっしょり。疲れ果てている皆を励ましながら歩きました。夜の八時頃ようやく疎開先に到着し持って来たおにぎりを食べ、ひと休みしていたところ空襲警報が発令されました。電灯に黒い布を掛け、ひっそりと横になっていました。十一時近く「富山の空が真っ赤になっています」という連絡で外の田んぼに出てみると、富山方面は火災で、空が真っ赤に燃え上がっている。飛行機から爆弾が投下されると真っ赤に火の手が上がっている。富山市中心街は火の海になっているだろう。富山の家に居たら逃げることが出来たろうか。庭に作った防空壕に入っていたら逃げ出すことができたろうか。近所の人達はどうなっているだろうか。父は、連隊でどうしているだろうか。八月二日未明まで続いた空襲は、やっと終わった。父の消息は三日間不明だった。

母と祖母は、これから先のことを考え、涙を流している。私達子供は、それを見て不安でどうしたら良いかわからなかった。それから数日後、広島、長崎に原子爆弾が投下され、日本は米英諸国に無条件降伏した。

やっと戦争が終わったのだと思った。十二歳の夏だった。

その後、私は会社勤めをしながら勉強して、税理士試験に合格し、税理士事務所を開業しました。

立山連峰を仰いで

北陸の富山では、立冬から初春にかけ澄みきった晴天の日には、雪化粧した立山連峰がくっきりと青空に浮かび上がる。

　この季節、高速道路を富山から魚津に向かって進むと左右遮るものがないので視野が大きく広がる。

　前面には、北アルプスの三〇〇〇㍍級の山々が横一線に並び、麓までの距離が呑み込まれてしまったかのように迫ってくる。この雄大な光景を見ながら進む時間は、喧噪の下界を一瞬忘れさせる境地であり圧巻でもある。

　左に鋸の歯を立てたように切り立つ男性的な剣岳（二九九八㍍）、右に丸みをおびた雄山（三〇〇三㍍）がある。

　私は二十代の夏の日、会社の同僚たちとこの二つの山に登った。昨日のことのように懐かしいが四十年余り前のこととは夢のよう。

　雄山の頂上で御来光を拝むため、室堂の山小屋を午前二時に出発した。一の越から山頂までは岩石の急坂である。山頂の狭い場所に神殿があり参拝した。

　眼下の雲海は夜のとばりに静まり返っている。下から徐々に明るさが押し上げられてきた。そして一条の光が雲海の上に放たれるや太陽が静かに登ってくる。まわりは朝の光に包まれた。遠くに槍ヶ岳が見える。荘厳な御来光の瞬間を味わうことができた。

翌年、剱岳へ登ることになった。ベースキャンプ地「剣沢」にテントを張り登頂に備える。目の前に剱岳が悠然と構えている。青味がかった灰色の岩肌、尾根に生えるハイマツの緑色、雪渓が所どころ残っている。魔の山といわれる不気味さを感じる。

登頂の日がきた。最初の難所はカニの横這い。リーダーに命綱を付けてもらった。下を見るとそこは何百㍍もの谷底である。血の気が引く思いだ。鎖にしっかりつかまり横に一歩一歩進む。頂上直下では、垂直に近い岩場をタテの鎖を手によじ登った。ようやくたどり着いた頂上は岩石だけの場所。霧がかかり見晴らす景色はなかった。

今日見る剱岳は、夕日に映え茜色に染まっている。そして夕暮れとともに静かに消えていった。

立山は、これからも人々に感動を与え続けるだろう。雪は溶け水となり、高山植物を育み、産業をも潤した。一方、時代の変遷と技術の進歩は、膨大な量の雪の利用を求めて模索している。

富山湾沿岸を行く

随筆を依頼された。さて何を書こうかしら……。題材を決めなくては!!〝富山湾沿岸を行く!〟なんてどうかなぁ。範囲が広くてまわれるだろうか?原稿の締切りまで出かけた所まで書いて見よう……。

結果は富山湾を少しはみ出た親不知と魚津を訪ね、計画した氷見まで行けなかった。

①〈親不知にて　―スピード感―〉

平成元年4月9日(日)

今日は良い天候である。昼まで仕事を片付け、急いで富山駅から特急に飛び乗った。とたんに「この列車は名古屋行きです。次の停車駅は高岡です。」とのマイクの声!逆方向へ行く列車に乗ったのである。発車迄あと1分。階段を登り降りしてやっと青森行き列車に乗った。

(車窓から)

↓富山県

真っ黄色な菜の花畑が所々に見える。今は春たけなわなんだなぁ!水橋近辺から左側の視界に海が入ってきた。滑川・魚津と海岸線にそって列車は走る。〝春の海ひねもすのたりのたりかな〟

魚津市街地に入るとレールは高架線に入る。右手に20m位の大谷山がぐっと近くなり、左手の海もだんだん近くなる。一瞬、神戸を感じさせる雰囲気を残して通過した。黒部を過ぎ泊に近づくと、右手の山々の後に、いよいよ北アルプス連峰の山々が筋状の雪をいだき、神々しくそびえ立ってきた。城山に沿って列車は右に大きくカーブする。

↓新潟県

海のすぐ横をつつ走っている。大海原は青く緑色を帯び、はるか水平線までひろがっている。

団体客から突然「海は広いな大きいな〜」と合唱になり、歌声を乗せながら列車は進む。

ここは豪雪地帯である。右手に迫る山からのナダレ防止の為、次々とトンネルに入りせっかくの景観は満喫できない。将来、透明な硬質ガラスができトンネルに利用できれば見えるのに！

この近辺は北アルプス連峰が座す飛騨山脈の北端が日本海側になだれ落ちている所である。絶壁の下せまい道には、海が迫り高浪におそわれる危険のある交通の難所である。

山の中腹を切り開いた道が開通するまで昔の人々はこの道を往来した。

源平盛衰の昔、平頼盛の夫人が夫を慕って愛児と共にこの難所にさしかかり、寄せてくる怒涛にその子を失い、悲しみのあまり次の一首を歌ったといわれる。

〝親知らず子はこの浦の波まくら
　越路の磯のあわと消えゆく〟

これが親不知の名の由来だそうである。

（親不知駅下車）

昨年、高速自動車道が開通し、高架道は絶壁をさけ海に向かって大きく湾曲している。上に高速自動車道が、その下に国道8号線の高架道が通り、ダイナミックに2段交差している。その下に海が広がる。8号線には中・大型の輸送車がひっきりなしに右に左に行ききし、日本産業の躍動感を象徴している。流行の青、赤、白のツギハギのボディスーツを着てバイクにライトをつけ、高速をつっ走る若者。現代はまさにモータリゼーションの時代なのだ!!

ピアパークは若者のドライバーでいっぱい。ミュージックが流れ、高速の橋脚には大陶壁画が8枚飾られている。波打際まで近づくと海の水のきれいなこと！小石が寄せる波、返す波にほどよく転がってすがすがしい。

人間、他の動物とちがうのは道具を使うことであると！そしてその道具を使って、他人より1分でも早く処理する！このスリリングと満足感が人間社会を進歩させたのではなかろうか。

古代ギリシャのオリンピックから現代の車社会まで、人間のスピード感覚との戦いは、加速的に産業構造や個人生活を変えてゆく。

ふと見上げると、育空にトンビが輪をえがいている。〃トンビが輪をかくホーイノホイ〃何千年の昔もトンビの生活は同じなのかなぁ〜。

今から800年前の源平の頃、ワラジをはいて通った寂しい山里、明治、大正、昭和の初期も馬と共に越えていった姿を、今の高速道と重ね合わせ、人間のスピード感との戦いをかいま見た。

②〈魚津市での思い出　—地球的規模の変化—〉

魚津は父の勤めの関係で高校時代、約3年間ここで暮らした。

海辺迄、目と鼻の先、2階のベランダに立つと海が一望できる家だった。

着任し起床した最初の朝は夏であった。ギーコラ、ギーコラという漁師の舟をこぐ音で目がさめ、早速、蚊帳から出て見る海は、のどかな夏の海である。大海原は波も立たず、波打ち際には細く白い線がうねってサラサラ〜サラサラと同じリズムを奏でていた。

有名な蜃気楼が出ると、どこからともなく横の道にゾロゾロと人が押し寄せ、この光の屈折を満足気に眺め、そして散っていった。

晴れた夏の夕方、太陽が海に沈む1時間程は、海の真上にある太陽から一条の柿色の光が海に放たれ、その光の中を漁師がこぐ舟が、ゆっくりと通り過ぎていく。まさに絵に書いたような風景であった。

しかし一度、これが風雨の日となると、はるかかなたにあった水平線はすぐ近くまで迫まり、波打ち際と水平線までの距離はぐっとせまくなる。灯台や見晴台の突き出たコンクリートの岸壁には容赦なく波が水しぶきを上げてたたきつけ、低くたれかけた暗雲から雨や稲妻が光って見える。

魚津に居た時、8人兄弟姉妹の7番目の弟が生まれました。母は産後の肥立ちが芳しく無い状態で寝込んでしまいました。父は会社を休み、私は学校を休んで食事を作り、看病しました。しかし、良くなりません。

父は、今かかっている男性の医師から女性の医師である芝山先生にお願いしました。すると、食欲が出て元気になり、私たち家族は手を合わせ感謝しました。本当に命の恩人でした。名医であることは勿論です。多分その頃、最新の薬と言われた抗生物質を治療に使用されたことと思いました。家族全員落ち着いた生活に戻りました。

小学1年生だった妹は、暗算が上手でした。電卓やレジスターが無い時代、買物に連立って行った時は、文房具店や食料品店で暗算計算に感心しました。頼りになる妹でした。

その頃、福井に大地震があり、母と私が玄関前で、手を取り合い収まるのを待ちました。

父が、富山本社勤務となり、焼跡に建てた家に移住しました。そこで8番目の弟が生まれました。3000グラムを超える赤ん坊でした。家族での食事が賑やかでした。

私がいた3年位の間、侵食で砂浜が1m〜2m短くなっていた。

平成元年4月13日、何十年ぶりで前の場所を訪ねた。住んでいた家はこわされ空地となっており、そして砂浜はなくなりコンクリートの防波堤が作られテトラポットが海に積み上げられていた。

散歩道は舗装され自動車がゆきかっている。磯の香は変らずただよって、テトラポットの上を白いカモメがすいすいと飛びかっている。

地動説とか、むずかしい理論はわからないが、地球的規模で毎日少しずつ天地に変化が起きているのだ!!人間の力が及ばない変化が。

昔住んでいた場所の平地と海の接点でそれを感じながら帰路についた。

剱岳へ登頂

20代で剱岳の山頂（2998m）へ登った。その前年には立山連峰の雄山（3015m）会社の同僚数人と登った。日本海コンクリート工業㈱経理課勤務の時だった。

剱岳は天を突くような鋭峰の厳しさを表している山であり、登山には鎖を頼らなければならない場所があり難関の登山道であった。

当時、父は北陸電力㈱へ勤務していて、私が剱岳へ登山するのは危険で、反対だった。しかし母は必ずやってくれるだろうと信じてくれた。

会社の同僚の岡田さんは、山男と呼ばれるくらい登山歴のある男性。彼が山の話をすると、皆が憧れる位、山に魅力を感じた。剱岳には彼が山男の同僚と登る時、私一人を警護してくれることになった。剱沢でキャンプし、翌朝、剱岳へ登頂する計画。夜の剱沢は前面に剱岳の雄大な容姿、空に輝く星は、平地で眺める星よりずっと大きい。あっ！突然一個の星が、下へ流れた。

キャンプは、私一人が入る分と、岡田さん達山男が入るキャンプが設営された。

いよいよ翌朝、私は岡田さんとの鎖に繋がり、カニの横這い。縦の石の山を踏破して剣岳の山頂に辿り着いた。感慨無量の心境だった。

その後㈱インテックへ入社することが出来た。コンピュータが普及し、パソコンに触れることが出来た。情報産業時代が到来した。

会社勤務のかたわら、税理士試験に挑戦し、合格した。税理士事務所を開業し、現在に至っている。

小説

富山への旅路

長い階段

神秘な宇宙

富山への旅路

ジョージは、東京駅から北陸新幹線に乗り車窓の眺めに見入っていた。

フランス映画「望郷」の画面を暫し思い浮かべる。しかし此所は日本、祖父母の故郷なのだ。直江津から魚津に進むと日本海の海岸が目の前に迫って来る。親不知の海岸線は山が海に迫り、その絶壁の道を親子が通る時、親が子の安否を知らずに通らなければならなかった。それで親不知の名前が付けられたという。昔はその道を通らなければ歩いて先に行けなかった。今は上に電車の線路が引かれ歩くことなく次の場所へ行くことが出来るようになった。

祖母はジョージが子供の頃その地名と謂れを話してくれた。電車は海岸線に沿って走り魚津近くになると海岸線から離れ住宅が建ち並んでいる場所を走行する。

祖父母は富山市出身者で若い頃米国に渡りクリーニング店を経営した。母は店で働いていた米国人の男性と結婚し、クリーニング店を引継ぎ経営した。ジョージは日系二世の女性と結婚した。自動車部品の会社に勤めていたが60歳の時、会社は倒産し解雇となった。

妻とは数年前に離婚していた。解雇手当で二〜三年ぶらぶらしていたが日本の富山へ旅する決心をした。

富山駅に到着したのは夕暮れ時だった。近くのホテルに宿泊することにした。これから何処へ出かけるか計画はしていない。手元の財布のお金は少なくなっている。自分ながら計画の無さを後悔した。

翌日ホテルを出て岩瀬方面に向かって歩く途中からタクシーに乗り、海岸へ向かうよう指示した。

砂浜に立つと、その海は、昨日電車から眺めた日本海の延長線だ。寄せる波と返す波、その交互の静かな波しぶきは心を癒してくれる。

通ってきた道を散策しながら戻る。途中、粋な感じのレストランがあり中に入る。午後3時頃で客は無くマダムがテーブルに腰掛けていた。

「いらっしゃいませ、コーヒーでよろしいですか」

「イエス」

気さくなマダムは、客を一目見てハーフだと感じた。

「どこから来たのですか」

「アメリカから来ました」

「たどたどしいけど日本語がわかりますね」

「祖父母が日本人で富山市出身者です。若い頃アメリカへ渡りました。祖母が富山のことを話してくれ家では日本語と英語を話していました」

「観光のためこちらに来たのですか」

「それもあります。現在、失業中で妻とも離婚し祖母の古里へ出かけたくなりました」

「そうゆう訳で、心と足が富山へ向かったのですか」

「ここは空気も良く、働く所があったら教えて下さい」

マダムは、しばらく黙って考えた。

「私は、このレストランを経営していますが、もう一つ人材派遣という会社も経営しています。夏なら草むしりや工事現場への派遣、交通整理、配送等諸々、女性なら家事手伝い等いろいろの仕事を受けています。寮もあって、そこで待機している人達もいます」

「ホテルの予約をしていないので、その寮に泊めていただけませんか」

マダムは、ジョージを見て変わった人が入ってきたものだと思う。

「パスポートを見せて下さい」

ジョージは鞄に入っているパスポートを取り出し見せた。

「名前はジョージで年齢は63歳、住所はアメリカミシガン州デトロイトですね。4月下旬に帰国の予定になっていますが」

「こちらは今、気候も良く、しばらく住みたいと思います」

マダムの目から見るとジョージは、悪人と言われる人では無いと観察する。しばらく本人の希望を入れ寮に留めることにした。

「寮の場所の地図と空き部屋の鍵です。三畳の部屋で、ベッドと布団がセットされています。食事は近くのコンビニや食堂を利用するか、こちらも利用出来ます。今は大きい会社から草むしりの予約申し込みが入っています。本人の技能と能力で仕事を選ぶことが出来ます」

「ＯＫ」

「私は、夕方、寮に行きジョージが入った部屋を確認し、一階にある集会室で寮生にジョージを紹介します。明朝、一階の事務室で仕事の打合せをします」

マダム良江の信条は「人を信頼する」ことだが、一抹の不安があった。

ジョージの部屋は二階にあり、窓は東側にある。遠くの山々の峰が繋がって見える。ベッドに入り今日一日を振り返る。次から次へと展開して行き不安と希望が重なり合っているようだ。

祖母から聞いた「海と山が美しい場所、富山」マダムの親切な心、ここで仕事を続けることが出来るだろうか。いや仕事を続けなければ、生きてゆけないのだ。自問自答しながら夕方になった。

マダムが部屋をノックした。

「ジョージ休めましたか、そろそろ一階の集会室へ降りてきて下さい」

「イエス」

10人集まった。

マダムは、一人一人の名前を呼び、今日から同僚となるジョージを紹介し仲良く助け合うよう諭した。

中に、一目見て外国人と思われる人が居る。

ジョージは側に行き声を掛けた。

「ユー、どこの国から来たの、年齢は」

「社長の紹介の通り名前はマサルと言います。年齢は60歳、フィリピンから来ました。親類に日本で働く人が居て、その人の紹介で今年の一月からここで働くことになりました。妻とは離婚しました。交通事故を起こし、相手のほうが自分より悪いと思うが相手が腕のたつ弁護士を立て、僕が裁判で負け賠償金を払う羽目になり、苦労しました。新しい転地を求め日本に来ました。僕のルーツは日本人です。祖父が日本の軍属としてフィリピンに駐留し、祖母と結ばれました。子供の頃から日本に憧れを持っていました」

ジョージは、マサルと仲良くなれそうだと思う。


翌朝、事務室へ行くと仕事の打ち合わせが行われた。

「ジョージ、今すぐにある仕事は草刈りです。マサルも一緒だから心丈夫だと思う。三日間位の仕事です」

会社の車で、マサルが運転して現場へ行く。草ぼうぼうの空き地を、機械を使って刈り取って行く。刈り取った後は、手作業できれいに整地する。ジョージは三日間の仕事を終えた後、慣れない仕事をした結果、足腰が痛む。マサルも最初から慣れるまで足腰が痛んだという。

近くに、指圧療法の上手な治療院があるので紹介してくれるという。次の仕事まで一日休みがあるので、マサルに指圧治療院へ連れていってもらう。

指圧師は女性だ。ジョージは、慣れない日本語で痛いところを指さすと指圧をする。最初は「痛い」と叫ぶがツボを心得ているので、どんどん進んでゆきマッサージをしてくれる。気分が良くなってくる。二〜三回通院すると痛みも緩和してきた。治療中に話しかける機会も出来た。

指圧師の女性は、中国人で名前は、はな（華）という。女の子一人を連れて中国から来たと言う。指圧が上手で、毎日患者が20人位来ているという。

ジョージが、アメリカから観光に来て偶然か幸運か近くの会社で働くことになり、帰国の予定が変更になったことを言うと、華との話が弾むようになった。


携帯電話のベルが、けたたましく鳴る。

「ジョージ、母さんだよ。4月下旬に帰国すると言ったが、とっくに過ぎたが連絡もくれない。この施設には毎月一回見舞いに来てくれていたのにどうしたの。祖母の故郷に行ってどうだった。連絡を待っているよ」

「うん、とても良い所で、働く場所も見つかり当分、日本に居るよ、後でゆっくり現況を電話するから」

「華さん、突然母からの電話で申し訳ございません。母は90歳で施設に入っています。祖母の故郷富山へ4月に観光に行って、帰らないので不安で電話してきました」

「あなたの足腰の状態は、大分良くなっています。

娘のゆり（百合）がジョージ伯父さんに英語を教えて欲しいと言っています。学校から帰って子供部屋にいますのでよろしくお願いします」

ドアをノックする。どうぞと言う声で部屋へ入ると、百合は、勉強机の上のパソコンに向かっている。

「勉強中なの？」

「ジョージ伯父さんに、英語を教えてほしいの
私は小学校6年生です。小さい頃、小児麻痺にかかって足が不自由になったの。杖をついているでしょう。知能の方は大丈夫なの。母は、百合が中学校に入学したら、大きな病院で足の手術をしてあげるからと言っています。お父さんは、私が5歳の時、病気で亡くなったの。だから、お父さんがいる家庭が羨ましい。ジョージ伯父さん、仕事の合間に話し相手になってほしいの」

「僕が手助け出来ることがあればしてあげるよ」

爽やかな気分になり、寮に帰った。

マサルの部屋に入り、出前を取って食べながら今日一日の出来事を話した。派遣で行く人の殆どは自宅から通勤しているそうだ。

「ジョージ、在留資格認定証明書を直ぐに代理人に頼んで出してもらいなさい」

「了解」

草刈りの仕事が終わり、次の仕事は、運送会社での荷分けの仕事だ。マサルと組んで三ヶ月の予定が組まれた。屋内の仕事で、フォークリフトを使って荷物の積み降ろしをするが、足腰の負担がきつい。

指圧治療院へ、たびたび通院することになる。

「ジョージ、指圧してもらって大分回復したでしょう」

「体の調子も良くなった」

「ジョージ、給料から部屋代は家賃として、電気、水道代も天引きされているでしょう。フィリピンに居る母が、癌の手術をしたの。兄と同居しているが高い治療費を手助けしてくれと兄に頼まれたので社長の良江さんに頼んで給料を前借りして送金した。山川や細田も家庭の事情で、給料の前借りをしているよ。社長の良江さんは、人助けをする立派な人だ。ジョージ、体は大丈夫か。大変だったら、社長に頼んで、軽作業にまわしてもらったら良い。半年近く、会社が指定した仕事を遂行すると、自分の経験を生かした仕事を斡旋してくれる予定だ」

「今の仕事を楽しくやっているよ」

マサルと話し出したら、話題は尽きない。

運送会社の荷分けの仕事が終わる頃、社長の良江から呼び出された。

「ジョージ、次の仕事は、アメリカでの経験を生かした自動車の部品工場の流れ作業の依頼が入っている。そちらへ行って下さい。長期の予定です」

「わかりました」

マサルも足腰がきついので、社長の良江に頼んだ。コンビニでの商品の配置等、軽作業をすることになった。


夕方、食事をしているとジョージの携帯電話のベルが鳴った。

「華です、百合が40度の高熱を出し、引付を起こし(ジョージ伯父さんに来てほしい)と譫言を何度も言っています。患者さんが一人待っていますので、すみませんが私に代わって直ぐ病院へ連れて行ってほしいの。私は患者さんの治療が終わったら直ぐに駆けつけますからお願いします」

「OK、直ぐに行くから」

百合の側へ駆けつけ、車で救急病院へ連れてゆく。直ぐに、集中治療室に入り手当を受ける。

「ジョージ伯父さん有難う。側に居てくれて安心した。お母さんは、仕事があるのでかまってくれないの。お母さんは直ぐに行くからと言っていますから間もなく来ます」

目は虚ろで、息づかいが荒い。安心したのか引付け症状は治ってきた。

「百合、おじさんが付いているから安心しなさい。病気に負けたらいけないよ」

医師に「よろしくお願いします」と頼み、廊下の椅子に腰掛けて待った。

間もなく華が来たのでジョージは寮に帰った。

百合は、10日間入院し、退院した。


一週間後、百合の快気祝いをするから来てほしいと華から電話があった。

日曜日の午後、治療院へ出かけた。

百合の部屋の本立てには、ジョージが贈った教材「英会話入門」「英語の初歩」等、数冊が並んでいる。

百合と華、ジョージの三人で乾杯し、料理を食べた。ジョージは酒を飲み、酔って寝込んでしまった。家庭的な雰囲気に安心してしまったのだろう。華は百合のベッドの横の板の間にジョージを寝かせ寝具を掛けた。起き上がる気配もなく次の日の朝となってしまった。

ジョージは
「いつの間にか、ぐっすり寝込んでしまった。申し訳ない」

華が、早速用意したコーヒーとパンを食べ寮に帰った。

数日後、指圧治療院での治療後、百合の部屋をノックした。

「パソコンに向かって何をしているの」

「お母さんが買ってくれた請求書のソフトで、治療院の請求書を作成しているの。当日支払いが出来ない人に、月末締の請求書を作成して郵送するの」

「百合は、パソコンで作成出来るのだ」

「パソコンを操作していると面白いの。いろいろなことに入り込んで行くことが出来る。将来ＡＩ（人工知能）の技術者になりたいと思う」

「伯父さんも、アメリカの会社でコンピュータの操作を経験しているよ」

「英語とパソコンについて教えてください」

治療院へ通院すると、指圧とマッサージの効果で体調が良くなり、百合の家庭教師で家庭的な雰囲気も味わうことが出来た。治療院での指圧、マッサージの後、三人で夕食を共にする機会も増えた。

その内、月に2～3回は治療院の空き部屋に泊めてもらい、翌朝出勤するようになった。

マサルは
「ジョージ、最近、月に2～3回、夜帰ってこない日があるね。どこで泊まっているの」

「華の所で夕食をご馳走になり、そのまま空き室に泊めてもらっている」

「もう華と、良い仲になっているの？」

「それは、きちんとけじめをつけているよ。娘の百合がジョージ伯父さんと懐いてくれ頼りにされているのさ」

「僕は、他人のことを、とやかく言うのは避けたいが、華は指圧師として収入もあるし食べるのには困らないと思う」

ジョージは、自動車部品の製造工場で引き続き働いている。英語が話せるので、外国人との商談の際に、通訳として頼まれる。

働いている会社の製品は、外国へ輸出する額が年々増加している。ジョージは、製造部門から度々呼び出される回数が多くなった。そこで営業部門付きとなり、通訳の仕事や外国の書類の翻訳の仕事も頼まれるようになった。

　日曜日、マサルが、ジョージの部屋へやって来た。

「ジョージ、営業部門の仕事をやっているの。英語をペラペラ話せるのは強みだね。僕は、コンビニでの仕事に大分慣れてきたよ。町中の小売店が姿を消し、コンビニへ人が買い物に来る。空調完備だから快適だ。従業員の人達とも仲良くやっているよ。華さんと百合が店へ買い物に来たよ。人手がたりない時は、レジの手伝いをしているのでレジで出会った。百合は杖をついていなかったね」

「百合が中学生になって、大きな病院で足の手術をした。まだ杖なしでは歩けないが徐々に慣らしているのさ。夏には華の母親が、中国からやって来るのだ。観光を兼ねてね。中国では、富山の立山連峰の景色が素晴らしいと評判だそうだ。華親子と華の母親と僕の4人で登ろうと計画している。マサルは一緒に行かない？」

「それは有難い」

「華の母親は、雄山の頂上へは登れないが、弥陀ケ原で立山連峰の景色を眺めたいと言っているそうだ。百合は、まだ足が完全に治っていないので、僕が百合の体をゆっくりと支え雄山の頂上に登り、ご来光を仰ぎたいと思っている」

　夏には、会社の休暇を利用して5人で登山した。雄山頂上でのご来光の神秘な美しさ。弥陀ケ原で、百合が寝転んで夜空を見上げた時、星は平地で見るより何倍も近くに見え流れ星は近くに舞い降りるようだと喜んだ。昼間近くを散策中、雷鳥が木陰からひょっこり顔を出し、人影を恐れて木の間に隠れてしまった。ジョージは百合に雷鳥は氷河期から生き延びてきた貴重な鳥だよと教えた。

　母親は、満足して中国へ帰った。マサルは、立山登山は初めてで素晴らしい景色だったと喜び友情を深くした。

　ジョージのカメラで写した写真を持って、マサルの部屋を訪ねた。

「有難う。フィリピンの母親に送ってやるよ。母親の病状は、一進一退の状態だそうだ。そのうち兄貴の一家が観光にやって来るかも知れない」

「会社の商談で、近く通訳としてアメリカへ同行することになる予定だ」

「そしたらジョージの故郷へ行けるかも知れないね」

「うん、その時は華と百合を連れて行って、施設に入っている母に紹介するよ。そして華と再婚したいのでと許可をもらいたいと思っている。離婚した妻との間に生まれた息子は、アメリカで歯科医院を経営している。母が施設へ入る前、引き取り同居していた。息子にも会えるかもしれない」

良江が経営する会社に入って多くの人に出会った。明日の仕事があるからと言ってジョージは自分の部屋に帰った。

部屋の窓から見える立山連峰、その上に丸い月が輝いている。

長い階段

一

玄関を入ると、そこには見上げるように長い階段が上に続いている。約四十段の木造階段である。踊り場は、中間に一ヵ所だけあり登り切った所に、本社と工場の事務所がある。

工場の中をガラス越しに一望出来るので、工場長はじめ製造部長、課長等が生産工程の進歩度合いや従業員の動きの概要を見ることが出来る。

昭和二十八年四月の初めである。

園田ユキエは、コンクリート二次製品を製造している会社に就職した。コンクリートポール（電柱）、コンクリートパイル（杭）、コンクリートブロック、側溝等を製造している。

これらの製品の需要が多く見込まれるので、新しく設立された会社である。社員数五十名余りで事業活動を開始した。ユキエは、労務課に配属された。

富山湾港に近いという利点からこの地域には、広大な工場地帯が拡がり、大企業の工場や中小企業の工場が建ち並び活発な生産活動を行っている。工場の大きい煙突から煙が天空に向かって昇っている。この地域の一角にユキエが働いている会社がある。時折、磯の香りが浜風に乗って漂ってくる。心地よい瞬間である。

昭和二十六年、日本はサンフランシスコ講和条約に調印し、独立国となった。昭和二十年八月十五日に太平洋戦争に敗れ、アメリカの占領下におかれて沈滞した空気と風土があった。しかし、これを機に昭和三十年代にかけ日本は高度成長期を迎え、経済界は活気に満ちていった。娯楽といえば、映画と歌謡曲が主流で「青い山脈」のような青春映画や、美空ひばりの歌で人々は癒され元気づけられた。

市の中心から工場地帯へ通じる富山港線の電車は、朝、通勤する人々で満員である。人々は働くことに一生懸命で日々追いまくられている感じである。


ユキエは、一重瞼の丸顔で中肉中背、愛くるしく誰からも好かれる雰囲気を持っている。

労務課の仕事は、工場内で働く従業員の諸手続と連絡、タイムカードの整理と給料計算、厚生施設の管理運営として休憩室へのお茶ポットの出し入れ、救急医療箱の設置と対応等がある。

従業員と一番接触する機会が多い仕事である。

現場で働く男性の中には、気性の激しい人もいて怒鳴られることも度々あった。ユキエは、優しい性格なので怖くて涙ぐむこともあった。

会社は、製品の受注が増え、それに対応して人員も中途採用や定期採用で増えていった。

製造部は、製品別に分かれている。第一製造部は主製品であるコンクリートポールを製造している。その工程は複雑である。概略すれば、先ずポールの骨組みとなる鉄筋を精密に組立て、セメント、砂、砂利、水等を撹拌したものと共に型枠に詰め、遠心分離機を回転させることによって製品が出来上がる。

溶接技師の従業員は、ポールの支柱となる鉄筋を、しっかりと正確に繋ぎ合わせるため、溶接用のマスクをして青黄色の閃光をたてながら溶接作業に励んでいる。

また、製品を設計する技師は、ポールの強度計算その他諸々の複雑な計算をして、より良い製品が出来るよう設計図に向い真剣に取り組んでいる。

工場長は、ガラス越しに工程を見張り、ポールが出来上がると現場へ行き、製造部長等と完成したポールを丹念に点検する。

出来上がったポールは、クレーンでプールに運ばれ養生工程に入る。養生期間が終わるとプールから引き上げられる。そして細部にわたって加工作業が施される。作業が終わった製品は、出荷の時期を待っている。

川野ミツオは、中途入社組である。第二製造部に配属された。

ユキエは入社手続き関連の書類を渡すため現場控え室へ行き

「川野さん、これらの書類に記入し印鑑を押し、明日提出して下さい」

「わかりました」

ミツオは、純真な感じのする青年である。浅黒い顔で骨太なしっかりした体格をしている。

ユキエは、爽やかな胸騒ぎを覚えた。落ち着いた動作と優しい態度に好感を持った。

ミツオは、ユキエに初めて会った時から好感を覚えたが、表に出さず胸の奥に秘めていた。

第一製造部には、大山タケオがいた。山登りが大好きな青年である。がっちりした体格、胸幅が厚く見るからに登山家という雰囲気である。

ユキエが休憩室へ行くと、気さくに山の魅力について話してくれる。

「夏の剱岳や、立山の雄山へは何度も登ったが、やはり冬の雪山登山は最高だよ」

「でも危険が多いでしょう」

「夏、雄山の頂上で見るご来光はね、想像してごらんなさい。まわりが暗い中、下の白い雲海から太陽の光が徐々に輝き始め、雲海の中を押し開けるように大きな太陽が現れ昇ってくる。明るい日差しに包まれた朝だよ。運が良ければ富士山も見えるよ。夜は、一の越しの下の高原で、寝袋に入って夜空を眺めると、星が町で見るより何倍も近くに見え、流れ星を見ると、すぐ近くに落ちてくるような錯覚に陥るよ」

「冬山は無理ですが、夏山へは行って見たいわ」

「その時は、僕がガイドしてあげるから」

飾り気のない人柄、礼儀正しい言葉使いと動作にユキエは親しみと尊敬を感じた。控え室へのお茶ポット出し入れや連絡事項の時、タケオに会うと山男の仲間達のことや、冗談を言ってユキエを元気づけてくれた。

山登りはしたいが、ユキエは一人っ子だから父母は許してくれないだろうと思った。

タケオは
「僕は、子供のいない親類の家へ養子として入ることになりました。叔父さん夫婦は、自分たちが元気な間は、この家に入らなくて実家にいても良いが、おれ達が亡くなったら、この家を守って後を継いでくれるようにと言われています」と、ユキエに話した。

山の話となるとユキエは、目を輝かせるのである。事務室で女性達が、山の話をしていると製造部長の池上さんも、興味深そうに話の輪に加わってくる。

「僕は、それらの山々には登りましたね。山の中腹からスキーで下へ滑降するのが大好きです。今でも春になると室堂の高原へ登り、青空の下、三千メートル級の山々をバックにスキーを楽しみ、そして下へ滑降していきます。ほんとうに大自然の中で、すがすがしい気持ちになりますね」

池上部長は、男の中の男という感じの人である。百八十センチ位の長身でしっかりしまった体格、包容力があって面倒見が良いので、皆さんから人格者として尊敬されていた。人の上に立つ人だなあと思う。

お母様が、小学校の先生を長く勤めておられ、良い先生と評判の人だったとのこと。この母にしてこの息子ありと思う。

ユキエは、現場控え室へお茶ポットを持っていくと
「ようー、可愛らしいねーちゃんじゃないか」

「給料計算が間違っていたぜ。もう一度調べてくれよ。うちの母ちゃんに給料袋を渡したら紙幣を数えて、あんた今月残業が多かったのに前月と同じだよ、計算間違いじゃないかと言うんだよ」

「タイムカードに印字された時間をもとにソロバンで計算していますが、人数が多いので間違ったかも知れません。もう一度調べて見ます」

「労災の書類の手続きが遅いよ。もっと早くやってくれよ」等々、賑やかな言葉が行き交う。

昭和二十八年頃のことだから、給料計算をコンピュータで処理するなんて夢物語で、手で計算していた。コンピュータの出現は昭和四十年代である。

給料は、現在のように各人の銀行口座に振り込まれることはなく、経理課の人が銀行から総額を引き出してきて、社員全員の給料袋に入れ各人に渡していた。

ミツオが、入社して二年が過ぎていた。

ある日のこと、下の控え室から電話がかかってきた。ミツオが、機械に手を挟まれ血を流しているから直ぐに手当をしてくれるようにとの連絡である。

ユキエは、長い階段を駆け下り一階にある従業員の控え室に入った。ミツオは、同僚に支えられ簡易ベッドに横たわっている。ショックで顔色は青白くなっている。応急処置で右手にはタオルが巻かれているが、血がにじみ出ている。

ユキエは、救急箱から消毒薬等をだし、血で染まったタオルを捨て、新しい包帯で手首と五本の指をしっかり巻いた。

間もなく、池上部長が駆けつけて来て
「ユキエさん、タクシーを呼んで川野君を近くの病院へ連れて行き、応急手当をして貰いなさい」

「承知しました」

「ユキエさん、皆さんに迷惑を掛けて申し訳ありません。僕の不注意でとんだことになりました」

「連絡を受けたとき、大怪我だったらどうしよう、顔を見るまで不安でなりませんでした。しかし命には別状がなかったので一安心しました」

ミツオは、ユキエに体を支えられ、病院へ行き治療を受けた。


その後、労災の手続でミツオと話す機会が多くなった。たまたま控え室には二人きりであった。

「ユキエさん、今度の日曜日に映画を見に誘ってよろしいですか」

しばらく沈黙の時があった。嬉しいけどどう答えたらよいか戸惑っていた。

「いいわ」

小さい声でうなずいた。

「映画館の並びにある本屋で待っていて下さい」

他の従業員が、次々と控え室に入ってきたのでユキエは上の事務所に戻っていった。

日曜日になりユキエは母に
「本屋とデパートへ買い物に出かけます」

と言って出かけた。

ミツオと映画を鑑賞し、喫茶店でコーヒーを飲み公園を散歩しながら話をした。

ユキエは
「私は、貰われっ子なのです。今の家族の養父と養母は、私を大変可愛がってくれます。母は、体が弱く子供が出来なかったので、遠い親類の人の世話で、私が三歳の頃この家へ来ました。物心がついた頃、お世話をして下さった人が詳しく事情を教えてくれました。父は、銀行員で優しく真面目な人です。不自由なく大切に育ててくれました。そのご恩は忘れてはいけませんよ。お父さんとお母さんの言いつけは守るようにと、その人から諭されました」

「僕の家庭は、会社に提出した履歴書でユキエさんは知っていると思うが、母と妹の三人家族です。父は、僕が小学三年生の時出征しました。妹は幼稚園生でした。間もなく父は南方の戦場へ行くことになり、しばらくして戦死の知らせが来ました。母は、子供二人を抱え働きに出て僕たちを育ててくれました。僕は、工業高校を卒業して母の手助けをしなければならず就職しました。大学へ進学したかったが、諦めました。社会では、学歴が高い方が有利ですね」

「学歴は関係ないと思います。その時の家庭の事情で行けない事もあるし、エスカレーター式の学習にその時の事情で乗り遅れや、はずれることもありますよね。長い人生で、若い一時期で人間の価値は判定できません。学歴が無くても、頭が良く、しっかりした人がたくさんいますからね」

「そうだね。高校卒業後勤めた会社が、あまりにも僕の考えと違っていたので退職し、この会社に途中入社しました」

ユキエとミツオは、語り合っているといつの間にかあたりが薄暗くなってきたので、それぞれ家路についた。その頃は、男女の交際はオープンではなかったので、会社では噂があっというまに広がった。

「ユキエちゃん昨日いいところ見たよ。楽しそうだったね」と冷やかされた。

ユキエの母は、噂を嗅ぎつけたらしく、面と向かって何も言わないが縁談を進めてきた。

「ユキエちゃん、良い人が見つかったのよ。写真のこの人、工業専門学校を卒業して県庁関係の事業所に勤務する技師の方だそうよ。ユキエちゃんのお婿さんとして、この家へ来てくださるそうです。性格も優しく申し分のない方よ。私は、体が弱いので早くユキエにお婿さんを迎え、孫の顔が見たいのよ。お父さんも良い縁談だと大賛成なのよ」

ユキエは、ミツオとつきあい始めた矢先なのに、どうしようかと一瞬戸惑った。

ユキエの縁談の話は、トントン拍子に進んだ。

現場控え室で、ミツオが怪我の後、元気になった姿を見るとユキエは嬉しく思う。しかし同僚のうわさ話や、ユキエの心の変化を感じ取ったのか寂しそうな感じがする。何かを忘れようと一生懸命仕事に打ち込んでいる。

皆で、テーブルを囲み賑やかに昼食を取っていると、タケオが近くの席にいるミツオに
「ミツオ、最近元気がないね、悩み事でもあるのか、それとも体の調子が悪いのか」

「風邪をこじらせました」

「風邪が治ったら、おれ達、山男の仲間と一緒に剱岳へ登ろうよ。気持ちがすっきりして、すがすがしい気分になるよ」

「もうすぐ夏で、登山シーズンですね。高い山へ登るのは初めてですが一緒に連れて行って下さい」

「剱沢という場所でキャンプする。ノコギリ状に切り立つ男性的な山を前面に眺め、夕陽に映える姿を見ながら自炊して夕食を食べ、テントの中で眠る。翌朝早く前に見える剱へ登るが、険しい所が何カ所かある。カニの横這いといって鎖に繋がり、岩壁にへばりつきながら細い板の上や、岩の窪んだところに一歩一歩足を乗せ前へ進んでゆく。下は何十メートルか何百メートルの谷底だ。縦の鎖もある。慎重に勇気を持って登れば、頂上を制覇出来るよ。初めて頂上へ登った時は、万歳と叫びたくなるものだ」


ミツオは、タケオの言葉に勇気づけられた。そしてタケオとその仲間達と共に剱岳の頂上に登ることが出来た。山の仲間達とも友達になれた。

ユキエが、現場控え室へ行くと、黒く日焼けしたミツオがいた。

「登山楽しかったでしょう」

と声を掛けた。

「良かったね。剱沢でキャンプした夕べは、ランプの灯りと星空のもと、タケオさんの仲間達と一緒に輪を組んで歌った山男の歌や赤トンボ、雪山賛歌、荒城の月など忘れられない思い出となりました」

元気を取り戻したミツオを見て、ユキエは安心した。


ユキエが働く会社の右隣には、化学製品を製造している工場がある。工場の三階の開き放しの窓からは、製造工程の炎が、かい間見える。窓から見える下の路を、若い女性が通ると、工員の大きな冷やかし声が聞こえてくる。これは苛酷な現場で働く人間のはけ口なのだろうか。

左隣には、船舶を製造している会社がある。大きなクレーンで鉄板を所定の場所へ運んでいる。周り

には、鉄板を繋ぎ合わせる溶接の青黄色の閃光と騒音が満ちている。大きなドックには、建造中の船が浮かび、その周りを作業員が忙しく働いている。

後ろへ回ると、富山湾から続く運河があり向こう岸へ渡る吊り橋が架かっている。近くにパルプ工場があるので、丸太の材木がたくさん浮かんでいる。吊り橋の中央の少し高くなっている所へ行くと、晴れた日には東の空に立山連峰の姿が見える。


季節も夏から秋へと進み、ユキエは結婚した。

母は
「ユキエちゃん、会社では皆さんに親切にしていただき、あなたも慣れ親しんだ所だから離れるのは偲びがたいと思うが、子供が出来たら会社を辞め、家庭に入って欲しいのよ」

「そのような状況になったら、上の人に伝え後任の人に滞りなく引き継げるようにします」

ユキエは、近い内に会社を辞めるだろうと想像する時、自分の青春の一頁を飾り綴ってくれた会社とその人々や、毎日通勤の行き帰り親しみを感じた周りの会社や風景を噛みしめながら歩くのであった。

やがて、母と約束した時期がきたので、ユキエは会社を退職した。

二

ユキエは、風邪を引き何時もかかっている病院へ出かけた。

廊下で向こうから歩いてくる男性を見て、はっとした。七十歳代だろうか杖をつき、体の左側が少し不自由そうで、ゆっくり歩いてくる。あちらの方も眼鏡越しにじぃーと見つめている。

「失礼ですが川野ミツオさんではないでしょうか」

「やあ、ユキエさんではないですか」

「何十年ぶりですかね」

ミツオは、突然のことでびっくりした様子で、よろよろとしたので、すかさずユキエは、左手を支えた。

ミツオと初めてデートした時、夕暮れの薄暗い路でいつの間にか手を繋いでいた。その時の感触は今でも覚えている。暖かくみずみずしい手のひらであった。しかし、今はかさかさして神経が届いていない様な痛々しい感触である。

「そこの長いすに腰掛けましょう。そしてお話を聞かせて下さい」

「今年の初め頃に、愛犬のラッキーが亡くなりました。十年位いたでしょうか、急に食欲がなくなり犬の病院にも連れて行き注射もして貰いましたが、一週間経って眠るように息を引き取りました。ペットの墓地に葬りました。毎日、ラッキーを連れて散歩に出かけるのが日課でしたので、いなくなると散歩の機会もなくなり寂しい思いをしていました。何か不吉な予感がしていたところ、突然私が脳梗塞で家で倒れました。軽い方だったので一命はとりとめました。今まで大病をしたこともなく病院へかかったこともなかったので不養生だったのですね。そしてこの病院へ入院することになったのです。大分回復してもうじき退院する予定です。家内は、私が入院したときは付き添ってくれましたが、娘に子供が生まれたので手伝いに行っています。子供達は独立して二人暮らしです。ユキエさんの家族は皆さんお元気ですか」

「私の家族も夫と二人暮らしです。子供達は独立して家を出て生活しています。町内でも家族が二人の家が多いですね」

しばらく沈黙の時が流れた。

「私は、ユキエさんと一緒だった会社を、その後辞め他の会社へ勤めました。その会社では製品の検査をし、定年まで一貫してその仕事をしてきました。最後は課長という役職を貰いましたが、私は池上部長のように人の上に立つ器ではありませんので地位は貰わなくてもよいと思っていました。自然体で一生を終えれば一番幸せと思っていましたので。世間では、地位と財産を得ることが人生の目的だと考えている人が多いじゃないですか」

「ほんとうにそうですね」

「会社の長い階段を思い出しますね。書類を事務所へ届ける日は、元気が出てきました。いつもより早く出勤し、階段を二段ごと登って事務所へ入ると、ユキエさんが掃除当番をして机を拭いていました。私から書類を受取り、早く提出していただき有難うございますと丁寧に挨拶してくれましたね。それから急いで階段を駆け下り自分の職場に戻ったのを覚えていますね」

「楽しい思い出ですね。有難うございます」

「私は退院したら、ペット屋さんへ行き犬を購入し一緒に散歩したいと思います」

「それはリハビリにもなりますね」

ユキエは、病院からの帰り道、遥か彼方の東の空に雪に覆われた立山連峰を見ることが出来た。

タケオが、吊り橋の上で、同僚の女性達と一緒にいたとき説明してくれた雄山、剱岳、浄土山、別山の山々を、今懐かしく眺めながら、一人家路に急ぐのであった。

神秘な宇宙

一

向井千秋さんは1994年日本人女性として2週間宇宙に滞在し、地球を眺めた感想を2019年5月4日北日本新聞に掲載された。宇宙から初めて地球を見たのはインド洋上空で、青い惑星昼間の地球でした。暗黒の宇宙の中に青い地球が浮かび、肉眼で見ると雲が立体的で、レースの青い洋服をまとった貴婦人がきりっと立っているようでした。壮大な中に何かあると壊れそうなか細さも感じました。

重さのない世界に2週間いて、重力のある世界に戻ってくると、物が置いてあるということ自体が不思議だった。名刺1枚すら重く感じ物が落ちるのが面白い。

地球の中心に強力な磁石があり、そこへばしゃんと引っ張られる感じ。ニュートンは宇宙に飛んでもいないのに万有引力を発見し、すごいと思いました。

二

古今東西、人間は空を見上げて色々なことを想像した。月を見てウサギが餅をついている姿。太陽は仏様、朝日が昇るのを見てご来光を拝むと言った。

エイ子は息子和夫が小学生になった頃、浦島太郎の童話の本を与え読んで聞かせた。

「昔々ある海辺の村に、浦島太郎という若者がいました。太郎は毎日海へ出て魚を取っていました。太郎の舟は小さく、家は粗末な草葺きの家でした。ある時ひどく海が荒れて幾日も漁が出来なかったので、太郎は朝晩の食べ物にも困ってしまいました。やっとしけが収まると舟で沖へ出たが鯛もヒラメも釣れません。一日中で釣れたのは雑魚四～五匹でした。太郎は疲れ気を落として浜にあがりました。すると浜では子供達が一匹の亀を捕まえ、わいわいと引きずり回すやら叩く等していた。

「おお、可哀想に放しておやり」太郎が言っても子供達は「いやだ、俺たちは放すものか、もっと叩け、転ばせ」と口々に騒ぎ立て、ひどいことをして苛めている。

「それなら私の魚を皆にやるから亀と取り換えておくれ」太郎がたまりかねて言ったら子供達は、しぶしぶ亀を捨て魚を取り合って駆けていきました。

「やれ危ないところだったな早く海へお帰り」太郎は優しく亀を放しました。亀は海に入ると太郎の方を何度も振り向きながら、沖の方へ帰っていきました。

空も海も暮れていた。今夜は食べ物も無いが太郎は帰りかけた。その時後ろで「もし」と声がする。振り向くと見たこともない美しい姫が波の上に現れた。

「ただいまは亀を助けてくださって有難う。龍神様が喜ばれ、あなたを是非にと言っておられます。さあおいで下さいませ」姫は衣の裾を翻し白い手を差しのべた。大きな海亀が太郎のそばへ泳ぎよってきて背を向けた。

「え？私が龍神様に呼ばれるだと？」

太郎はびっくりしたが、言われるまま姫に手を取られ亀の背に乗りました。亀はたちまち泳ぎだし、太郎と姫を乗せて海の中の道をぐんぐん進みました。向こうに夢のような竜宮が見えてきた。赤いサンゴの柱、壁は水晶、屋根は黄金、それが青い光の中に近づいてくる。やがて亀は竜宮の門へ着いた。姫が、ぽんと手を打つと音もなく開いて大勢の召使たちが走り寄ってきました。

「ようこそ龍神様がお待ちかねです。どうぞこちらへ」

太郎は輝く広間へ通されました。お供を連れた龍神が現れ「あの亀は私の大事な使い。道に迷って捕まったところ良くぞ助けて下さった。太郎よ、ここでゆっくり楽しむが良い」と迎えてくれました。

そこへ姫が、衣をかえ真珠の冠をかむり肩には五色の布をかけ、におうような乙姫の姿になって現れました。太郎はうっとりと見とれていました。その間に召使たちが代わる代わるご馳走を運んできました。舞姫たちの竜宮の舞等あまりの楽しさの数々に、太郎は月日の経つのを忘れてしまいました。

　三年も経っただろうか、ある日太郎は、ふと海辺の村を思い出しました。草葺きの小さな家や小さな舟や村の人達を思い出しました。

「皆どうしているだろうか。きっと今日も舟を漕ぎ網を引いているのに違いない」

するとと太郎は、食べきれないご馳走も舞姫たちの舞も楽しいと思わなくなりました。

『あの潮風は気持ちがよかった。苦労して取った魚は美味しかった。貧乏でも良い人間の世界へ帰ろう』太郎はじっとしておられなくなり乙姫様に打ち明けました。

乙姫は、悲しんで何度も何度も引き留めました。けれど太郎の気持ちは変わらない。

「私はやっぱり海辺の村で魚を捕って暮らします。どうかおいとまさせて下さい」そう言うと乙姫様は名残惜しそうにうなずいて、奥から一つの箱を出してきました。

「お土産に、この玉手箱を差し上げます。これは大切に持っていれば、いつか又竜宮へ来られる宝の箱。でも決して、ふたを開けてはなりません」

太郎は龍神に別れを告げると、玉手箱を抱えて大きな亀の背に乗りました。

「さようなら太郎」

「ごきげんよう乙姫様」

太郎が振り向き手を挙げました。そうするうち夢のような竜宮も青い波の向こうに消えいき、亀はひとでや貝の丘を越え昆布の森の上を過ぎ飛ぶように泳ぎ続けました。

「帰って来たぞ。ここが私の浜だ、私の村だ」

太郎は亀の背を降りて、走りに走りました。ところがどうしたわけか太郎の家はどこにも無い。近所の家もまるで違っている。住んでいる人々も見覚えのない人ばかり。

「私は浦島太郎この村の者だが」

太郎が夢中になって叫んで歩くと、一人の年寄りが首を傾げて答えました。

「浦島太郎いうたら、ずっと昔、亀を助けて竜宮へ行った男の名前じゃ、もう三百年も前のことじゃ」

「もう三百年も昔だと？」

太郎は驚いて浜へ出た。浜の潮風は少しも変わっていなかったが、知らない若者達が網を引いていた。

「あろうことか、たった三年とおもったのに」

太郎は砂の上へかがみこんで、開けようとするでもなく玉手箱のふたを取った。白い煙が、ゆらゆら立ち上がって太郎を包みました。

その煙が消えてみたら、太郎の頬はこけ深い皺がよってすっかり年老いた老人になっていた。太郎はよろめきながら立ち上がると海を見ました。遠く過ぎ去った若い日のことを思いました。そこへ波が寄せてきて、空になった玉手箱をさらっていってしまいました。

和夫は絵本を見ながら、母エイ子が語る物語を興味深そうに聞いていた。

「お母さん、太郎は叩かれたり引きずり回されていた弱い亀を助けたから、竜宮城へ連れて行ってもらえたのね。僕もいじめられている弱い者を見たら助けてあげるよ」

「それは正しい行いをする者に、必ずご褒美が来るのよ」

「僕にはわからない事がいくつかあった。一つは太郎が竜宮城で暮らしたのは三年間なのに、もとの海辺に帰ってきたらどうして三百年も経っていたの。それから太郎が亀に乗って海の道をどんどん進み、昆布の森やサンゴの谷間を抜けていくと書いてあるけど、そんな道を亀に乗った太郎が進むことが出来るのかと不思議でならない。海の向こうに竜宮城があるというのもわからない」

「お母さんも同じようにわからない。だけど童話として子供達に夢と、考えること、探求心を与えるお話だと思いますね」

「お父さんに聞いたら教えてくれるかなあ」

「わかる範囲で、喜んで教えてもらえると思いますね」


エイ子は書店で「重力とはなにか」や「若きアインシュタインの謎解き物語」を購入した。読むと僅かながらヒントを得られるような気がした。

私達の体や周囲にあるすべての物、机や椅子、自動車や地面や海水などが宇宙空間に飛んで行かないよう地球につなぎ止めているのは重力のおかげだということ。学校でニュートンの万有引力の法則を習ったことを思い出した。当然のことと考えていたが私達が空中に飛んで行かないこと、海水も地面も地球にしっかりとどまっている重力とは、大切で不思議な存在だと痛感する。

アインシュタインは、高速に近づけば近づくほど時間の進み方が、遅れたり空間が縮んだりすると言うのです。「若きアインシュタインの謎解き物語」では運動している時計は遅れるということの証明として、双子のパラドックスが説明されている。「時間の遅れ（ウラシマ効果）」

　双子の二十歳の兄弟がいて、兄は宇宙船に乗って遠くの星まで行って戻ってきます。

その間、弟は地球にとどまっているものとします。運動している時計は遅れるので、兄の時計は弟の時計に比べてゆっくり進みます。従って兄が地球に戻ってきた時には、弟は兄より年を取っています。高速の八十％の速度で十二光年かなたの星に行って戻って来るとします。往復で二十四光年なので弟の時計では、三十年かかります。これに対して兄の時計では、十八年しかかからないので地球に戻ってきた時、兄は三十八歳、弟は五十歳になっています。

　単純に計算すると弟にとっての時間は

二十四光年÷五分の四＝三十年

兄にとっての時間は

三十年×√一マイナス五分の四、二乗＝十八年

弟にとっての時間　24光年 $\div 4/5 = 30$ 年

兄にとっての時間　30年 $\times \sqrt{1-(4/5)^2} = 18$ 年

又、重力もう一つの相対論の章では、時間の遅れを利用した宇宙旅行として二百三十万光年離れたアンドロメダ銀河にも十四年で行くことが出来ます。どうゆうことでしょうという記事が載っている。

　エイ子は数学が苦手だった。難しい算式は理解出来ない。しかし浦島太郎の謎に少しは近づけたかなあと思う。

　本を読み進むと宇宙は、今から百三十七億年ほど前に生まれたと考えられている。誕生から四十万年後までは超高温のプラズマ状態で、それから温度が下がり重力の強いところに物質が集まって最初の銀河が現れたのは、宇宙が四億歳の頃であるという。現在のように多くの銀河が生まれ、宇宙全体の構造が出来上がるまでには百億年かかった。その間に私たちの太陽系も生まれ、地球は四十六億年もの時間をかけて人間という知的生命体を作りあげたという。

　宇宙は一つだけでなく無数にあるのか？ということも言われている。ビックバンの前に、宇宙がインフレーションを起こしたとき「親宇宙」のあちこ

ちで、次々と「子宇宙」や「孫宇宙」が生れたという理論がある。

　地球は、太陽の周りを公転する惑星です。太陽から千五百億メートル離れている。これが十億メートルや十兆メートル離れていたら、人類どころか生命が誕生するような気候にはなりません。水が凍っても、水蒸気になっても生命の源である海は作られない。ちょうどいい気候になる絶妙の距離だったから、私たちはこの惑星に生まれ知的人類として生活出来るのである。

しかし太陽系の外の、別の恒星の周りを公転する惑星に、人類のような知的生命が存在するかも知れない。

三

　宇宙船ロケットA号の扉が、ぎゅうーという音とともに閉まった。マイクの声で
「皆さんは抽選で当選された方と、希望して応募された方、合わせて三十名です。この宇宙船は太陽から約四光年彼方にある恒星ケンタウルス座プロキシマ星に向かって進みます。そして恒星の周りを大きく回って、折り返し地球に戻ってきます。往復六年かかります。

　この宇宙船のなかでは地球で生活していたと同じように生活が出来ます。設備も整っており食料も備蓄され、献立どうり調理し食事することが出来ます。医師も同乗しており日常生活には事欠きません。

　ただし宇宙船は、宇宙空間を飛んでいるので船外へ出ることは出来ません。窓から宇宙の景色を眺め楽しんで下さい。

　念のため説明しますが一光年というのは光が一年間に進む距離で、約九兆五千億キロメートルです。ですから四光年かなたの星までは、その四倍の距離です。

　この宇宙船は高速の八十％で進みます。

「運動している時計は遅れる」という仕組みでいく宇宙船の中では時計が六年進みますが、地球上では十年進んでいることになります。ですからあなた達が地球に戻った時には、地球上にいる仲間の人達はあなた達より四年とし老いた姿になっています。

　太陽から遠く百光年離れた星に出かけた場合、地球に戻ったら仲間達は生きていないと思います。現在の科学技術ではそんな遠くへ行く宇宙船は実現不可能です。

　これから太陽系を包んでいる一番外側のオール

トの雲に向かって進みます。そこを抜けだしたら太陽系の外に出ます。そして太陽のように自ら光を発しているプロキシマ恒星に向かって進みます。」

エイ子は不思議な世界へ抽選で当たったものだと思った。和夫が質問して答えることが出来なかった現象について、証明出来るかもしれない。

暗黒の世界が続くと輝く恒星や星群の世界。こんな世界があったのだと宇宙の不思議に見入る。何の不足不満もなく食事をして、美しい音楽を聴き映像を楽しんでいる。宇宙船の中の仲間達との交流等、地球のことを忘れてしまった。

マイクの声で「折り返し点に近づきプロシキマ星の周りを回って、地球に戻る方向に向かっています」の声が聞こえる。

エイ子は、最近どうして宇宙船に閉じ込められこの世界に入ったのか疑問を感じている。地球での人々との変化のある生活。地球の地面の上を歩く土の感触。日々貧しくても張りのある生活。近所の人達は、どうしているだろうかなど考えるようになった。

精神的に不安になったエイ子を見て、医師が寄り添って、慰めるやら薬を投与したりした。しかしその願望は、一向におさまることは無い。

ある夜、エイ子は、大きな声で泣き叫んだ。

「どうか、私をこの窓の外へ出させてください。この宇宙でチリとなって飛んで行かせて下さい。地球へ帰っても待っている家族がいません。宇宙の彼方へ散ってしまいたいのです」とわめき散らした。

仲間達は数人寄ってきて、体を押さえ説得する。

「最初に説明されたように、この宇宙船の窓は開かないよう設計されています。もし開いたら私達全員が、宇宙に放り出され死んでしまいます。そんな勝手な行動は許せません」

エイ子と、仲間達との格闘が続く。

……………………………………………………

そうこうしているうちに、エイ子は、寝床の中でふうふう喘ぎながら目覚めた。えっ、これは夢だったのか。

寝つきが悪かった朝、我に返り心臓の鼓動も収まった。

「もがきながら、ふうふう言って悪い夢でも見たのか？」夫の武雄は心配顔で尋ねた。

「宇宙船に乗って遥か彼方の星まで出かけたの」

「本を読みすぎて空想の世界へ導かれたのね」

四

近所のマサ子さんが回覧板を持ってこられた。

「エイ子さん、お変わりございませんか」

「ええ元気です、三日前、不思議な変わった夢を見ましたのよ。聞いていただけますか。中へ入って下さい、お茶でも飲みながらお話しします」

「エイ子さんの真剣な表情をみますと訳ありそうな夢ですね」二人は応接間の椅子に腰かけ語り合った。

「宇宙船に乗って地球を出発し、物凄いスピードで太陽系宇宙を脱出し、一番近い恒星の周りを回って地球に戻って来る往復六年間の宇宙旅行だったのです。

　太陽から四光年離れた恒星です。動いている時計は遅れるという原理で、宇宙船は物凄いスピードで動いていますので、宇宙船での六年間は地球上の人では十年間です。地球で再開した時は、地球の友達より四年若いことになります。それが百光年彼方の星まで行くとしたら、地球に帰ってきた時には元の友達はこの世にいないことになります」

「まるで浦島太郎の物語ですね。エイ子さんは寓話の世界に興味を持ち本など読んでいたから、夢にまでその世界に引きずり込まれたのでしょうね。私も子供の頃、浦島太郎の物語を本で見ました。

　しかしそんな疑問は感じませんでした。平凡な人間だったのですね。この物語はいつ頃から伝えられたものでしょうか教えてください」

「調べたところ奈良時代にできた日本書紀、風土記、万葉集などに浦島子として載っているそうです。少なくとも千二百年は経つそうです。ある学者の話では、中国の仙界思想の影響を受けてこの話が誕生したとも書かれています。この童話には現代の宇宙物理学の課題が秘められていると思いますね。日本人の先祖が、この物語を作った英知に感動しました。私は物理学の知識は全くなく数学も苦手ですので難しい算式はわかりません。しかしそうゆうことが起こりうるのだとうすうす思いました。私の幼稚な頭で一生懸命本を読みました」

「そこでその夢は、どうなったのですか」

「宇宙船の中で私は、恒星からの折り返し時点で我慢できなくなり窓の外へ出してくださいと叫びました。仲間の人達が、私の体を押さえ格闘しているところで目が覚めたのです。私はこの夢を見るまでには関連する本を買って勉強しました。本棚にある大宇宙や四季の星座等々、これらの本はカラー刷りで字も大きいので見やすいです、手に取って見て下さい」

「私たちが住んでいる地球は、太陽の惑星の一つなのですね。太陽の周りを回っているのは地球の他に、水星、金星、火星、木星、土星、天王星、海王星ですね、お月様は何処にいるのでしょか？」

「お月様は地球の周りを回っている衛星です」

「それならどうして水星や金星、火星へ行かずに飛び越えて他の恒星に行ったのですか」

「水星や金星は、太陽に近いので灼熱の状態で、とても近寄れません。太陽からもっと離れた土星等は低い温度で近寄れません。そこで太陽系を脱出して他の恒星へ向かったのです。本を読んで感じたのは私たちが住んでいる太陽系で、地球だけが太陽から離れた距離が一番適当なので海があり生物や知的人間が生存出来ているのですね」

「エイ子さんに聞いて初めて宇宙の不思議に気付きました」

「地球は、四十六億年前に誕生したと言われています。その地球に人類の先祖となる原始人類が出現したのは約二十万年前だそうです。現在の知的人間が出現したのは約数千年前に過ぎないのですね。私たちの一生はこの地球の四十六億年の歴史では、針の穴にも満たない小さいものです。


地球は何十億年後には、終末を迎えると言われています。私たちは、その頃には勿論居ませんし又その前でも宇宙の変化、太陽との距離の関係で後どの位知的人間が、生存出来るものでしょうか。人間が作った建造物や文化の数々は、何の形も無く埋もれてしまいますね。私が本で得た知識を長々と喋りご迷惑だったでしょうね」

「エイ子さんのように大きい視野で考えたことはありませんでした。不思議な貴重なお話を聞かせていただき感謝いたします。未来を考えると毎日毎日が掛け替えのない大切な時間ですね。人間同士の交流も大切なことだと思いました。エイ子さん所蔵の本を暫らくお借り出来ないでしょうか家族に見せてやります」


マサ子さんと話していたら何時の間にか夕暮れになった。空には星が輝いている今夜は満月だ。

（注・この小説の発端となった童話「浦島太郎」について、エイ子が息子和夫に読み語った部分は割愛せずに記載しました。日本の昔の物語が相対性理論を暗示しているようにおもいました。）

略　歴

舟木此花子（ふなきうめこ）
1933年（昭和８年）２月１日　富山市生まれ
魚津高校卒業
東京経済大学卒業
日本海コンクリート工業㈱勤務
㈱インテック勤務
舟木此花子税理士事務所開業　1985年（昭和60年）２月

現在に至る

あとがき

詩を作成する機会を得て、小説の長い文章で実現した分野と同様に心の感動をあらわす事が出来ると感じました。

庭での植物や小動物との出会い、空の四季折々の眺めや人との出会い等を、詩の文字に込めました。

エッセイは、文章として、その折々の感動を表現しました。

舟木此花子

梅の花

2023年12月20日　初版発行

定価　本体　2,000円＋税

著　者　　舟木此花子

発行者　　舟木此花子

発行所　　桂　書　房
〒930-0103 富山市北代3683－11
電話 076－434－4600
振替 00780－8－167

印　刷　田中印刷株式会社

ISBN978-4-86627-147-7

地方小出出版流通センター扱い